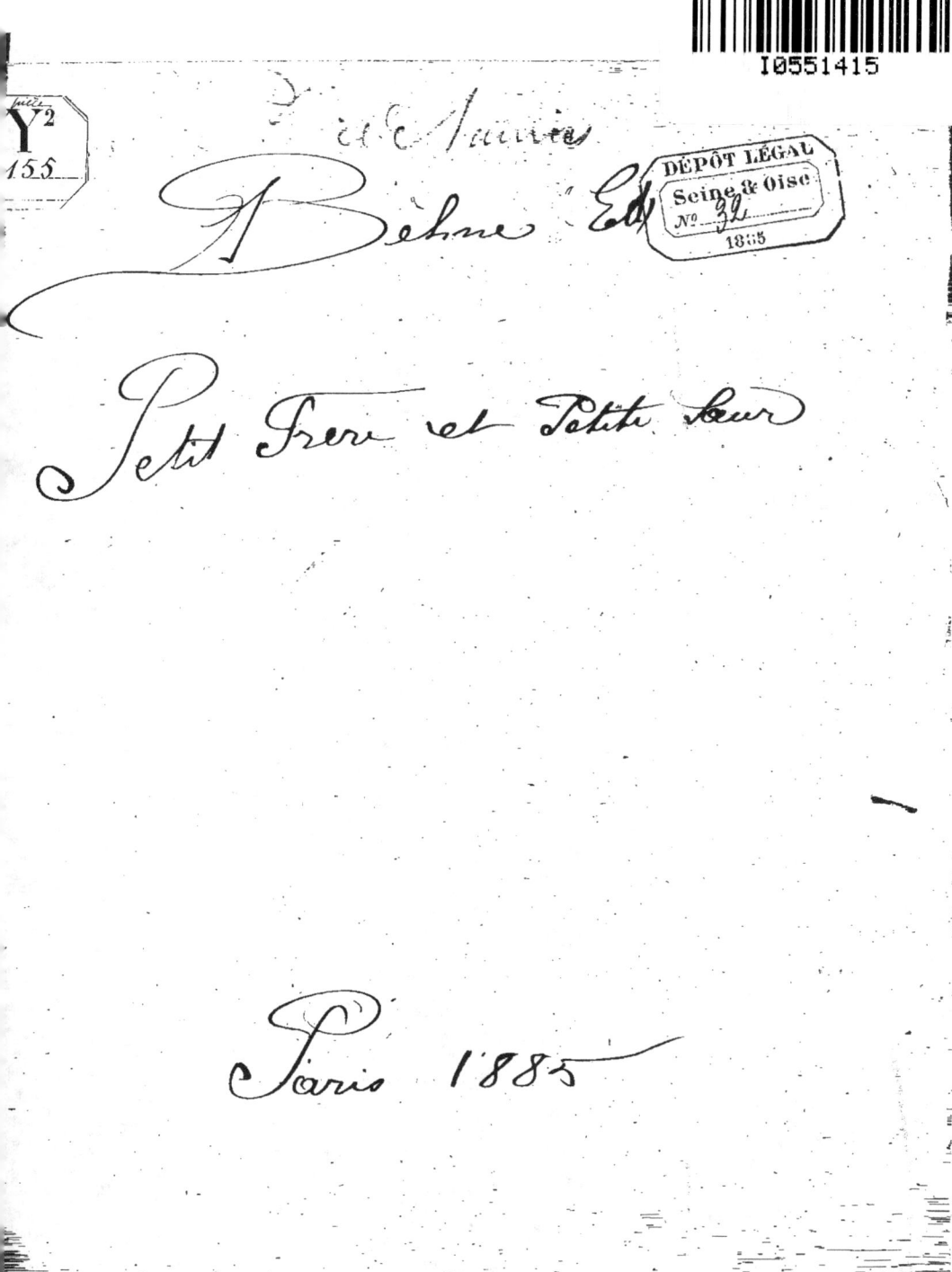

Béhme Ed

Petit Frère et Petite Sœur

Paris 1885

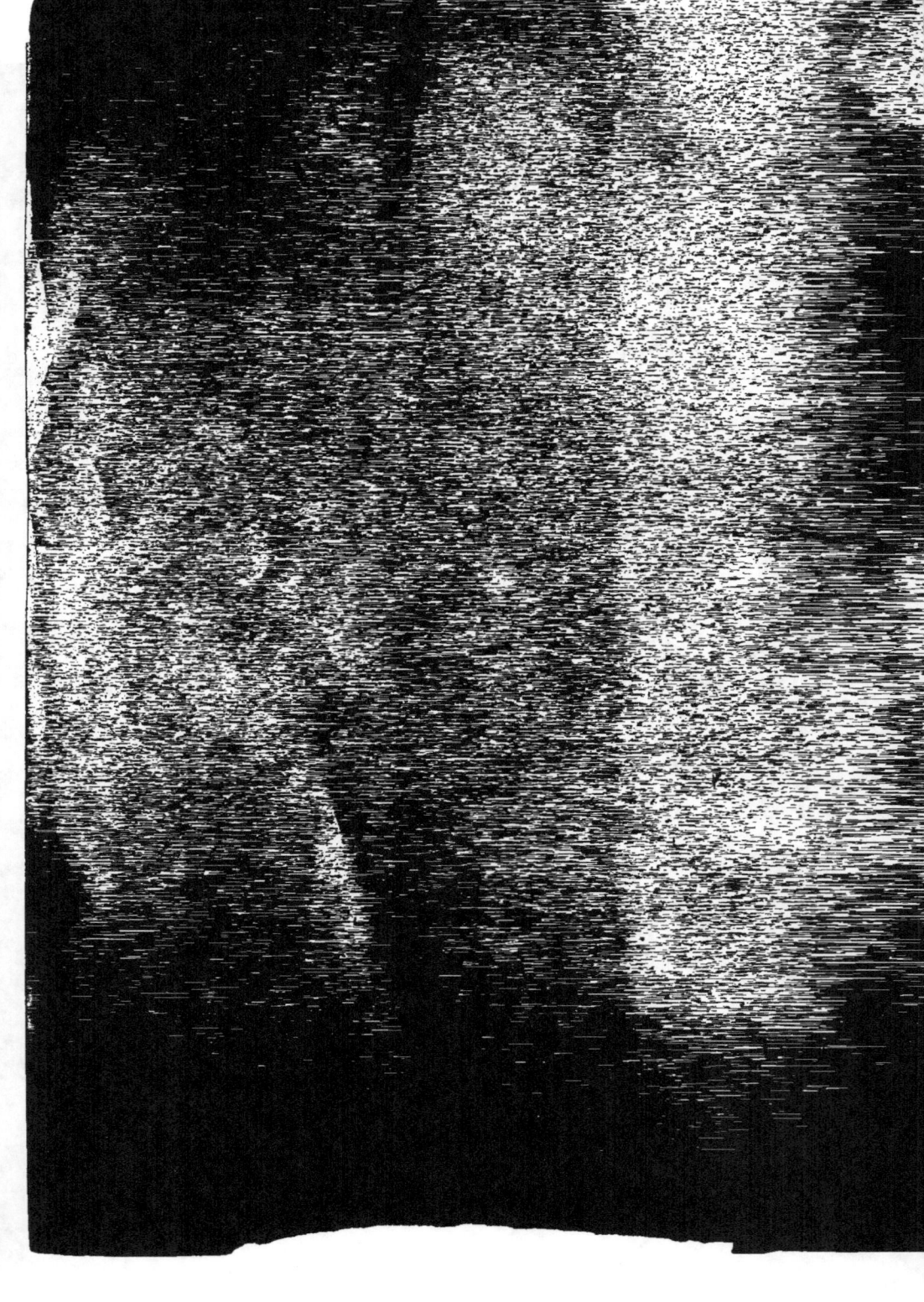

PETIT FRÈRE

ET

PETITE SŒUR

CONTE RAISONNABLE

IMITÉ DE L'ALLEMAND

Par EDGAR BEHNE

PARIS

HINRICHSEN ET Cᴵᴱ, ÉDITEURS

40, RUE DES SAINTS-PÈRES, 40

—

1885

PETIT FRÈRE

ET

PETITE SŒUR

CONTE RAISONNABLE

Pauvre Petit frère ! pauvre Petite sœur !

Leur père est mort, leur mère vient de mourir.

Il n'y a plus personne pour prendre soin d'eux, pour les caresser, pour les aimer.

Ils demeurent chez la méchante mère Mauduite.

Sa fille est aussi méchante qu'elle.

Ces deux mégères ne s'occupent guère des orphelins.

Pierre et Rose ont souvent faim et soif.

S'ils pleurent, ils sont battus ; s'ils crient, ils sont battus plus fort.

Le soir, quand ils s'endorment dans les bras l'un de l'autre, ils pleurent en silence et disent tout bas :

— Maman, maman.

Mais elle n'est plus là pour les coucher et les embrasser.

Maman n'est plus là pour les lever le matin, pour les laver, les peigner gentiment et leur mettre des vêtements bien propres.

Maintenant on les laisse sales et couverts de haillons.

Maman n'est plus là pour leur apprendre à lire, à travailler et à être bien sages.

Quand ils seront grands, vont-ils donc devenir aussi vilains que la méchante femme et sa fille ?

Pauvres petits !

Pierre dit à Rose :

— Nous sommes trop malheureux : il faut nous sauver d'ici.

Ah ! si j'étais assez fort, je ne te laisserais pas maltraiter.

Viens, partons; nous ne serons nulle part aussi misérables que dans cette maison.

Petite sœur lui répondit :

— Allons où tu voudras.

Si nous mourons, nous ne souffrirons plus.

Petit frère prit Petite sœur par la main, et tous deux partirent à travers champs.

La méchante Mauduite les vit s'en aller.

Elle se réjouit de leur départ.

Elle était contente d'être débarrassée de ces enfants.

Cette horrible femme se dit :

— Pourvu que personne ne les recueille ! Ils diraient que je les ai maltraités. Cela me ferait du tort.

J'espère qu'ils vont s'égarer dans la forêt et qu'un loup les mangera.

Pour être sûre de leur perte, la Mauduite les suivit de loin, sans se laisser voir.

Les orphelins marchèrent longtemps, longtemps.

Ils allèrent toujours tout droit, sans savoir où.

La route était poudreuse, le soleil ardent.

Petit frère et Petite sœur avaient faim et soif ; ils étaient bien fatigués.

Ils arrivèrent dans un bois, où ils se reposèrent à l'ombre.

Puis ils continuèrent leur chemin entre les buissons et sous les grands arbres.

Tout à coup ils aperçurent de jolis fruits noirs sur un arbrisseau.

Pierre voulut en cueillir ; mais Rose le retint en disant :

— Petit frère, ne touche pas à ces fruits. Te rappelles-tu ce que maman nous disait : *Mes enfants, ne mangez jamais rien que vous ne connaissiez pas, car cela pourrait vous rendre malades et même vous faire mourir.*

— J'ai grand' soif et grand' faim ; mais tu as raison, Petite sœur.

Comme tu es sage ! Tu dois pourtant souffrir comme moi, et tu ne te plains pas !

— J'aurais peur de te faire de la peine, dit-elle.

Les deux enfants s'embrassèrent ; cela leur rendit des forces.

Plus loin ils virent encore des fruits, rouges et appétissants.

Ne les connaissant pas, ils n'en mangèrent point.

Pierre et Rose avaient envie de pleurer.

Cependant ils marchaient sur un beau tapis de gazon vert.

Dans les arbres, au-dessus de leur tête, les oiseaux chantaient de leur voix la plus douce.

Autour d'eux, tout semblait joyeux et riant.

Mais la soif et la faim les tourmentaient de plus en plus.

Tout à coup ils poussèrent un cri en voyant dans l'herbe d'autres fruits rouges.

Ceux-là, ils les connaissaient bien.

— Des fraises ! s'écrièrent-ils, des fraises !

Que c'est bon, les fraises, quand on a faim et soif !

C'étaient de délicieuses petites fraises des bois, bien mûres, succulentes et parfumées.

Malheureusement il n'y en avait pas beaucoup.

Après en avoir mangé quelques-unes, chacun en ramassa plein la main.

Pourquoi ces enfants ne voulaient-ils donc pas se régaler tout de suite de ces fruits exquis ? Écoutons ce qu'ils disent :

— Tiens ! voilà pour toi, dit Pierre en offrant à Rose sa provision de fraises.

— Prends, c'est pour toi, dit Rose en même temps.

De son côté elle tendait sa cueillette à son frère.

— Pas du tout : c'est tout pour toi, répliqua celui-ci.

— Non, dit Rose, mange-les, il n'y en a pas trop.

— Eh ! bien, j'irai en chercher d'autres, dit-il.

Et posant ses fraises sur le gazon, il se mit à courir plus loin.

— Petite sœur ! s'écria-t-il en battant des mains, nous n'avons pas besoin de nous priver : il y en a des quantités par ici !

Des fraises, des fraises, tant que nous en voulons !

— Petit frère ! cria-t-elle à son tour, j'ai trouvé des noisettes. Quel bonheur !

— Petite sœur ! voici un joli ruisseau ; viens boire !

Tout leur venait à la fois.

Ils étaient récompensés de leur bon cœur.

A l'idée de faire plaisir à l'autre, chacun d'eux avait pris courage.

Tant qu'ils n'avaient pensé qu'à pleurer, ils n'avaient pas bien cherché et n'avaient pas trouvé grand'chose.

Quel bon repas ils firent alors sur l'herbe, au bord du ruisseau !

Entre eux, un tas de fraises et un tas de noisettes.

Quel régal !

Devant eux, l'eau claire et fraîche coulait sur de petits cailloux en murmurant doucement.

Au-dessus d'eux, les arbres étendaient leur brillant feuillage qui tremblait au vent et les abritait contre le soleil.

Petit frère avait posé près de lui une grosse pierre.

Il y cassait les noisettes en les frappant avec une autre pierre, légèrement, pour ne pas les écraser.

Quand une noisette était cassée, Petite sœur l'épluchait soigneusement.

Puis elle la mettait dans la bouche de Petit frère.

La suivante était pour elle.

Et toujours ainsi, chacun à son tour.

Après les noisettes, on se remit aux fraises.

De temps à autre, ils allaient au ruisseau, boire dans le creux de la main.

Bien désaltérés et rassasiés, Rose et Pierre s'endormirent l'un près de l'autre sur le gazon.

Un doux vent leur apportait les parfums de la forêt.

Les cimes des arbres frémissaient, et, de loin, rendaient un bruit confus, semblable au mugissement d'une cascade.

Depuis que leur mère était morte, jamais ces enfants n'avaient si bien dormi.

Pierre se réveilla le premier.

— C'est moi qui ai entraîné Petite sœur, se dit-il. Il faut que je veille sur elle et que je sois prêt à la défendre au besoin.

Au même instant, il lui sembla entendre quelqu'un qui marchait sur la pointe des pieds. Vite il regarda dans cette direction.

Devinez ce qu'il vit !

Un joli petit chevreuil qui se traînait avec peine.

Le gracieux animal alla jusqu'au ruisseau et se mit à boire avidement.

Puis il s'étendit par terre, respirant avec peine.

Il n'avait pas vu les enfants, car il était passé de l'autre côté d'un buisson.

Tout à coup il les aperçut et voulut s'enfuir.

Mais il n'en eut pas la force et retomba sur le gazon.

Il était blessé, sans doute.

En effet, un de ses pieds saignait.

Peut-être avait-il été mordu par un loup?

Un nouveau bruit se fit entendre dans les broussailles.

Était-ce le loup qui arrivait, à la poursuite de sa proie?

Petit frère saisit les grosses pierres qui lui avaient servi à casser les noisettes, et s'élança bravement vers le loup pour lui faire peur et le chasser.

Il faisait là une imprudence.

Si le loup poursuivait le chevreuil, il n'y avait qu'à le laisser faire.

Il emporterait la pauvre bête pour la manger, mais il laisserait Petite sœur bien tranquille.

Si au contraire il voulait attaquer Rose, Petit frère devait rester devant elle pour la protéger.

Pierre n'avait pas réfléchi à tout cela, et s'était laissé emporter par son premier mouvement.

Il est bon et beau d'être courageux; mais il est mauvais d'être imprudent.

A l'arrivée de l'enfant, un animal s'élança dans le taillis et disparut.

Pierre courut après lui.

Il finit par le voir de loin. Au lieu d'un loup, ce n'était qu'un innocent chevreuil qui s'enfuyait à toute vitesse.

Probablement la mère du petit chevreuil blessé! Elle avait voulu suivre son faon au bord du ruisseau.

Pierre cessa sa poursuite.

Il regarda autour de lui.

2

A cet endroit un chemin traversait la forêt.

D'ailleurs, rien d'extraordinaire.

Il se disposait à retourner auprès de sa sœur endormie, quand il se trouva en présence d'un danger bien plus terrible que s'il avait rencontré une douzaine de loups.

— Que fais-tu là? cria une grosse voix.

Pierre tressaillit et se retourna vivement : un homme de mauvaise mine venait de se dresser derrière un buisson où il s'était tenu caché.

A côté de lui, plusieurs autres hommes parurent ensuite.

Tous étaient armés et avaient des figures repoussantes.

Le pauvre garçon les regarda avec épouvante et sans répondre.

— Es-tu seul? continua l'homme à la grosse voix.

Si ces gens trouvaient Petite sœur, ils lui feraient du mal, pensa Petit frère.

— Oui, répondit-il, je suis tout seul.

— Comment es-tu venu ici? demanda l'homme.

— La méchante femme me battait, depuis la mort de papa et de maman. Alors je me suis sauvé.

L'homme dit à ses compagnons :

— Vous voyez, c'est un orphelin qui s'est échappé parce qu'on le maltraitait. On ne doit guère tenir à lui.

Personne n'ira donc le chercher jusqu'ici, de sorte qu'il n'y a pas à craindre qu'on nous dérange. Mais si nous le laissons partir, il racontera, au premier village où il passera, qu'il nous a vus de ce côté. Aussitôt tout le monde sera à nos trousses.

Par conséquent, je propose de le tuer et de l'enterrer dans un coin.

*
* *

A ce moment Rose s'éveilla à son tour.

Une sensation délicieuse de repos et de bien-être la remplissait tout entière.

Enfin elle était libre et n'avait plus à craindre cette méchante femme ni sa fille !

Que c'est beau, la forêt ! Comme on s'y sent bien !

Mais où donc est Pierre ?

— Petit frère ! appela-t-elle.

Petit frère ne répondit pas.

Un peu inquiète, elle se leva pour le chercher des yeux.

Pierre n'apparaissait nulle part.

Au bord du ruisseau était encore couché le petit chevreuil.

C'était bien curieux, mais cela ne pouvait pas faire oublier Pierre.

— Petit frère ! cria-t-elle de toutes ses forces. Petit frère !

Pas de réponse. Tout resta silencieux. Les oiseaux eux-mêmes, effrayés de ses cris, s'étaient tus.

Rose éclata en sanglots.

Tout à coup elle entendit une voix épouvantable, celle de la méchante Mauduite, qui lui criait :

— Tu ne le reconnais donc plus, ton petit frère ? Le voilà pourtant : je l'ai changé en chevreuil, puisqu'il s'est échappé de chez moi comme une bête sauvage !

Rose se précipita vers le chevreuil et le prit dans ses bras.

— Pauvre Petit frère! dit-elle en pleurant, te voilà donc changé en chevreuil!

Console-toi, Petit frère. Tu es bien gentil comme cela. Tu l'as toujours été.

Petit frère; je t'aime encore! Je t'aimerai plus qu'auparavant, si c'est possible.

Tu ne me dis rien, Petit frère? Tu ne sais plus parler? Cela ne fait rien : moi, je te parlerai. Je te raconterai de jolies histoires, et puis nous irons courir ensemble dans la forêt.

Et elle embrassa le chevreuil en sanglotant de toutes ses forces.

— Mais tu me comprends, n'est-ce pas? Tu me comprends comme avant, dis, Petit frère? Oh! fais-moi signe que tu me comprends, je t'en prie!

Le chevreuil, effarouché, réussit à se lever, malgré sa blessure.

— Tu es plein de sang! s'écria Rose. Tu es donc blessé? La méchante sorcière t'a encore battu?

Elle lava la blessure, déchira une bande de son tablier, et pansa la plaie, comme sa mère l'avait fait plusieurs fois à son frère et à elle-même, quand ils s'étaient fait mal.

Le chevreuil, un peu rassuré, se laissa faire.

Cependant la mère Mauduite, se glissant derrière les fourrés, n'avait cessé d'épier les enfants.

Elle finit par se lasser, et se dit :

— Depuis ce matin je perds mon temps à courir après ces petits drôles. Je n'ai encore mangé qu'un croûton que j'avais mis dans ma poche. Je commence à en avoir assez.

D'ailleurs je puis être tranquille. Le frère est tombé entre les mains de bandits qui lui feront son affaire.

Quant à la sœur, c'est bien dommage que je n'aie pas pu la leur envoyer. J'avais envie de crier à cette petite sotte que Pierre l'appelait là-bas; mais j'aurais risqué de me faire attraper moi-même par ces brigands qui m'auraient tuée aussi.

A présent la voilà seule, dans le bois, avec ce chevreuil, qu'elle prend pour son frère.

Quelle bonne farce !

Le plus beau de l'affaire, c'est qu'elle ne voudra plus sortir de la forêt, de peur qu'on ne lui enlève cette bête.

Elle va bientôt se faire croquer par un loup, ou bien elle mourra de faim.

Me voilà délivrée de ces enfants, sans que personne puisse me le reprocher. Est-ce ma faute, s'ils se sont enfuis comme des vagabonds?

Il est temps que je rentre chez moi.

Allons, bon ! Voilà qu'il pleut, maintenant !

De grosses gouttes commençaient à tomber.

Un vent frais venait par instants secouer vivement les arbres.

Le ciel fut subitement obscurci par un gros nuage gris foncé qui s'avançait rapidement.

La pluie et l'orage arrivaient.

Le grondement majestueux du tonnerre se fit entendre dans le lointain.

A ce bruit, le chevreuil parut inquiet.

— Viens, lui dit Rose, nous allons nous réfugier dans ce buisson touffu.

Il est vrai que nous serions moins mouillés sous les grands arbres, mais nous pourrions y être frappés de la foudre.

Tu sais que maman nous recommandait de ne jamais nous mettre à l'abri de la pluie sous quelque chose d'élevé, parce que la foudre tombe sur ce qu'elle rencontre de plus haut.

La petite fille souleva le chevreuil.

Qu'il était lourd !

Cependant elle réussit à le porter contre un buisson, loin des arbres.

L'enfant s'y blottit aussi bien qu'elle put.

Tenant son chevreuil dans ses bras, elle cherchait à l'abriter de la pluie avec son petit tablier.

La mère Mauduite était sous un arbre énorme où la pluie ne pouvait l'atteindre.

De l'endroit où elle se trouvait, la méchante femme voyait Rose dans le buisson.

— Faut-il qu'elle soit folle, pour aller se mettre ainsi au milieu de l'averse, loin des arbres qui pourraient l'abriter ! se disait-elle en riant.

La pluie tomba plus fort.

Un violent coup de tonnerre retentit.

Aussitôt il plut à torrents.

En un clin d'œil Petite sœur et son compagnon furent aussi mouillés que s'ils avaient été plongés dans le ruisseau.

La méchante Mauduite se tordait de rire de les voir ainsi trempés. Elle-même recevait à peine quelques gouttes d'eau, sous son grand arbre.

Rose était suffoquée par l'eau.

Pour comble de malheur, le chevreuil se débattait de toutes ses forces; elle ne savait comment le retenir.

Le tonnerre éclatait à tout moment et les éclairs éblouissaient la pauvre enfant.

— Petit frère! s'écria-t-elle, reste donc tranquille! Comme tu es méchant! Tu me fais mal!

Un instant le chevreuil demeurait immobile.

Puis un nouveau coup de tonnerre, plus épouvantable que les autres, l'effrayait encore, et il recommençait à s'agiter violemment entre les bras de Rose.

Par cette pluie battante, dans l'éblouissement des éclairs et l'étourdissement produit par le fracas du tonnerre, Petite sœur pleurait et criait en retenant l'animal affolé.

Soudain elle se crut aveuglée par plusieurs éclairs; c'était comme si elle regardait le soleil. En même temps éclata un coup de tonnerre tellement effroyable, qu'elle pensa en devenir sourde.

Un des plus grands arbres tomba tout près avec des craquements affreux.

La foudre l'avait brisé comme verre.

L'orage continua encore quelque temps.

L'averse glaçait de plus en plus la pauvre petite.

Enfin le tonnerre ne gronda plus. La pluie diminua et cessa entièrement.

Le ciel redevint clair et bleu.

D'un côté, le soleil couchant paraissait allumer un vaste incendie.

Du côté opposé, un magnifique arc-en-ciel montrait sa courbe aux admirables couleurs.

Au-dessus du premier arc, un deuxième arc-en-ciel plus pâle, étalait des couleurs semblables, mais renversées.

Rose alla voir l'arbre foudroyé.

L'écorce en avait été arrachée; on eût dit qu'on avait pelé le tronc et les plus grosses branches.

L'immense couronne de l'arbre était par terre; elle avait été coupée par la foudre comme une fleur que l'on cueille.

Des éclats de bois de toute grosseur avaient été arrachés du tronc et lancés à l'entour.

Un de ces éclats, gros comme une poutre, était resté fiché dans le sol à plus de vingt pas de distance.

Petite sœur était si stupéfaite qu'elle ne songeait plus à ses habits mouillés qui la glaçaient jusqu'aux os.

— Vois-tu, Petit frère, dit-elle au chevreuil, comme ce grand arbre a été foudroyé ?

Que serions-nous devenus si nous avions été dessous ?

A peine eut-elle dit ces mots, qu'elle aperçut un spectacle horrible.

La méchante Mauduite qui l'avait tant tourmentée était là, étendue sur le dos, pâle et immobile.

Elle ne donnait plus signe de vie.

Elle avait été foudroyée en même temps que l'arbre sous lequel elle s'était crue à l'abri.

Rose prit le chevreuil dans ses bras et l'emporta aussi loin qu'elle en eut la force.

Puis elle le posa sur l'herbe et se coucha près de lui.

Bientôt la nuit arriva. Pour la pauvre enfant, cette nuit fut affreuse. L'air était devenu frais.

Sous ses vêtements trempés, Rose grelottait et tremblait de tous ses membres.

Sans la chaleur de son chevreuil, elle serait morte de froid.

— Petit frère ! disait-elle en se serrant contre lui et en claquant des dents, Petit frère, réchauffe-moi !

Le froid empêcha Rose de dormir.

Il lui semblait que le jour n'arriverait jamais.

Enfin l'aube parut, et les petits oiseaux commencèrent à gazouiller dans le feuillage.

Mais alors le froid devint encore plus vif.

A la première lueur du jour, Rose se leva.

Tout son corps était raidi et lui faisait bien mal.

Elle noua autour du cou du chevreuil ce qui lui restait de son tablier et le conduisit, comme un chien en laisse, au moyen des cordons.

Son compagnon allait mieux. Il boitait encore, mais il pouvait de nouveau marcher.

La plaie, toujours propre et garantie par le bandage, guérissait tranquillement. Il n'y avait guère plus à s'en occuper.

De temps à autre, Petite sœur s'arrêtait pour laisser l'animal brouter à son aise. Puis elle l'emmenait plus loin.

3

Rose n'avait pas faim. Elle s'était refroidie ; elle était malade et grelottait de fièvre.

La pauvre enfant se sentait bien mal. Il lui semblait qu'elle était dans un mauvais rêve.

Combien de temps marcha-t-elle ainsi ? elle ne pouvait pas s'en rendre compte, car elle ne savait plus ce qu'elle faisait.

Enfin Rose aperçut une cabane, toute seule au milieu de la forêt. Elle entra : personne.

Au fond de la pièce il y avait un misérable grabat.

Tout étourdie par la fièvre, Petite sœur attacha le chevreuil près d'elle, ôta ses vêtements encore humides et se glissa sous les couvertures.

Elle s'endormit d'un sommeil lourd et agité.

Les rêves les plus pénibles la tourmentèrent.

Quand sa mère vivait encore, Rose avait été malade et avait souffert. Mais alors elle avait été soignée nuit et jour et n'avait jamais manqué de rien.

A présent elle devait se soigner elle-même, et s'occuper de son chevreuil, toute malade qu'elle était.

Quand elle se réveilla, sa première pensée fut pour son compagnon.

Les vêtements de Petite sœur avaient enfin bien séché, parce qu'elle les avait suspendus avec soin avant de se coucher, ainsi que sa mère le lui avait appris.

Dès que Rose fut habillée, elle sortit avec le chevreuil, pour le mener paître et boire.

Elle emporta un vieux pot ébréché, afin de rapporter de l'eau pour elle-même.

Mais elle ne trouva que l'eau stagnante et infecte d'une mare.

Quand l'appétit lui revint, elle grignota quelques vieux morceaux de pain qui étaient restés au fond d'une espèce d'armoire.

Heureusement le ciel fut constamment beau durant la maladie de Petite sœur, de sorte qu'elle ne se refroidit pas une seconde fois.

Au bout de quelques jours elle se sentit renaître.

Elle était bien faible encore et pouvait à peine marcher.

Mais au moins elle savait de nouveau ce qu'elle faisait.

Avant tout, comme une bonne petite ménagère, elle commença à mettre un peu d'ordre dans la cabane.

Que devint-elle, lorsqu'elle trouva dans un coin les habits de son frère, tout tachés de sang ?

Elle renonça bientôt à comprendre ce que cela signifiait. Il y aurait eu de quoi perdre la tête.

Rose pleura beaucoup et fut soulagée.

Elle baisa les vêtements de Pierre, embrassa son chevreuil, et sortit pour aller chercher quelques fruits sauvages.

Elle retrouva le joli ruisseau, les fraises et les noisettes ; mais elle évita toujours de passer près de l'arbre foudroyé, pour ne pas revoir le cadavre de la méchante Mauduite.

Peu à peu Petite sœur reprit des forces.

Elle en avait besoin, car l'ouvrage ne lui manquait pas.

L'automne arrivait, la pluie, le froid.

Il fallait manger, se chauffer et se vêtir.

La pauvre Rose eut souvent faim et froid !

Par bonheur, les anciens habitants de la cabane avaient laissé une quantité d'habits dans une caisse.

Chose singulière, il y en avait de toute espèce : beaucoup de vêtements d'hommes, quelques-uns de femmes et d'enfants.

La plupart étaient vieux et laids, quelques-uns étaient presque neufs ; il y en avait de splendides.

La grandeur en variait ; mais bien peu étaient à la taille de Rose.

Il y avait aussi plusieurs ballots d'étoffes et quelques caisses de marchands ambulants ; le fil et les aiguilles ne manquaient pas.

Petite sœur, qui cousait très bien pour son âge, réussit à s'habiller convenablement.

Souvent, dans le bois elle déchirait ses vêtements ; aussitôt rentrée elle les raccommodait.

Tous les matins elle allait se baigner dans le ruisseau.

Elle conserva cette bonne habitude même au milieu de l'hiver.

L'enfant ne restait pas longtemps dans l'eau ; puis, s'étant séchée rapidement elle se mettait à courir pour ne pas risquer de prendre froid.

Souvent elle lavait son linge. Mais c'était avant le bain, et non après : toujours pour éviter de se refroidir en sortant de l'eau.

Ces ablutions, les vêtements propres, les courses dans la forêt et le travail, la rendirent bientôt vigoureuse et forte.

Elle grandit rapidement.

Si Petite sœur n'était pas devenue robuste, elle aurait succombé au commencement de l'hiver, comme la méchante femme l'avait pensé.

Les fruits sauvages manquèrent; d'ailleurs cette nourriture ne suffisait pas.

Malgré sa répugnance, il lui fallut se livrer à la chasse.

Les lapins abondaient; après bien des essais infructueux, elle apprit à leur tendre des piéges.

Le plus difficile fut de faire du feu. Cela lui donna une peine inouïe, quoiqu'elle eût trouvé un briquet près de la cheminée.

Elle fit alors une grande provision de bois sec et ne laissa plus le feu s'éteindre.

Quand elle eut beaucoup de cendres, elle se rappela qu'elle avait vu faire la lessive et la fit aussi de son mieux.

Malheureusement le savon lui manquait.

Avant la mauvaise saison, Petite sœur recueillit sans relâche toutes les provisions qui pouvaient lui être utiles.

Un côté de la cabane fut rempli de foin bien séché au soleil, pour le chevreuil.

Quelquefois l'enfant rencontrait des loups, qui la suivaient pour la manger, ainsi que son compagnon.

Mais comme elle les menaçait avec un bâton ou avec des pierres, et qu'elle ne se laissait pas effrayer, c'étaient les loups qui avaient peur.

Ils suivaient de loin, sans oser approcher.

L'hiver passa. La chaleur revint, puis un autre hiver.

Plusieurs années s'écoulèrent ainsi.

Rose devint une grande et belle jeune fille.

Le chevreuil avait maintenant de jolies petites cornes, luisantes et pointues.

Il n'était plus attaché ; il courait librement de côté et d'autre, et revenait toujours auprès de Petite sœur.

Un jour qu'il était allé tout seul dans le bois, tandis que Petite sœur était restée à coudre dans la cabane, tout à coup le son du cor retentit dans la forêt.

Jamais cela n'était arrivé ; pourtant la pauvre fille comprit ce que cela voulait dire.

Epouvantée, elle s'élança dehors.

— Petit frère ! Petit frère ! s'écria-t-elle. Reviens vite ! voilà des chasseurs qui veulent te tuer !

Petit frère ! Petit frère !

De loin on entendait la voix des chiens, les cris des chasseurs et, de temps en temps, le son du cor.

Petite sœur voulut courir au secours de son chevreuil.

Une réflexion la retint.

— Il est impossible que je les rejoigne dans leur course, se dit-elle. Petit frère viendra certainement se réfugier ici, et si je n'y suis pas, on le tuera dans la cabane. Il faut que je reste.

Toute la journée elle entendit le bruit de la chasse. Le chevreuil ne revenait pas.

— Dire qu'on le tue peut-être en ce moment, sans que je puisse rien faire pour le sauver ! s'écriait Petite sœur en se tordant les mains de désespoir.

Vers le soir le bruit de la chasse se rapprocha rapidement.

Le chevreuil parut et bondit vers la cabane.

— Petit frère ! s'écria la jeune fille, entre !

Comme tu as l'air fatigué! Tu saignes, tu es blessé!

Elle referma aussitôt la porte et embrassa le chevreuil avec transport.

Au même instant arriva toute la meute qui se précipita contre la porte en hurlant.

Plusieurs chasseurs survinrent aussi.

— Il est entré dans cette cabane, cria l'un d'eux. Croiriez-vous que ces gens ont l'audace de vouloir le garder pour eux?

— Enfoncez la porte, cria un autre, et assommez-moi ces gens-là!

Rose ouvrit résolument sa fenêtre.

— Vous ne tuerez pas mon chevreuil! s'écria-t-elle de toutes ses forces. C'est mon frère!

— Que veut-elle dire? se demandèrent les chasseurs avec étonnement.

— Emmenez les chiens! Allez-vous-en, tout le monde! commanda une voix forte, celle d'un beau jeune homme, superbe sur son cheval.

On obéit aussitôt, et la jeune fille resta seule avec lui.

Il mit pied à terre, attacha sa monture et se dirigea vers la cabane.

— Je suis le comte Gérard de la Haute-Roche, le seigneur de ce pays, dit-il. Si je te protége, tu n'auras rien à craindre.

Petite sœur lui raconta son histoire.

Le jeune homme n'eut pas de peine à croire que son frère eût été changé en chevreuil, car la superstition était alors générale.

Au bout d'un instant, il voulut rire et plaisanter avec elle.

Mais Rose demeura sérieuse et lui dit simplement :

— Monseigneur, la plaisanterie n'est possible qu'entre égaux.

Je dois trop de respect à votre rang, et vous devez aussi quelques égards à ma faiblesse.

Il lui fit des compliments; elle en fut froissée.

— On ne fait pas de compliments aux gens qu'on estime, dit-elle. Les compliments ne peuvent plaire qu'aux sots.

Il lui dit aussi qu'il avait de l'amitié pour elle; elle répondit :

— L'amitié non plus ne peut se passer d'égalité. Vous ne pouvez avoir pour moi que de la condescendance.

Très étonné, le jeune homme la regarda fixement.

Puis, sans rien dire, il remonta sur son cheval et partit au galop. Plusieurs jours se passèrent. Il ne revint pas.

Le bruit de la chasse n'arriva plus aux oreilles de Petite sœur.

— Il ne veut pas que les chasseurs m'effrayent, ni qu'ils fassent du mal à mon chevreuil, pensa-t-elle. Mais lui, pourquoi ne vient-il pas?

C'est qu'il est un grand seigneur et que je ne suis qu'une pauvre fille, se dit-elle en soupirant.

De grosses larmes roulèrent dans ses yeux.

L'automne arriva : les feuilles jaunirent et tombèrent.

L'hiver arriva : la terre se couvrit de neige.

Jamais la solitude n'avait paru aussi triste à Rose.

Heureusement les occupations ne lui manquaient pas.

Elle détestait l'oisiveté et ne pouvait demeurer un instant sans rien faire.

Petite sœur ne s'amusait pas souvent, mais elle ne s'ennuyait jamais.

Parfois cependant elle ne pouvait s'empêcher de pleurer amèrement.

Un jour elle entendit les pas d'un cheval et s'élança hors de la cabane. C'était le seigneur.

— Je viens vous demander l'hospitalité, dit-il. Je meurs de faim et je suis gelé.

Mais la jeune fille, aussi rapide que le chevreuil, disparut dans la forêt.

Le comte entra, se réchauffa et mangea de bon appétit.

— Quelle singulière jeune fille ! se dit-il. Comment a-t-elle pu se former ainsi dans cette solitude ?

Il se mit à fureter partout et eut bientôt l'explication de ce mystère. Parmi les objets que Petite sœur avait trouvés dans la cabane, il y avait une assez grande quantité de livres.

Elle en avait lu et relu plusieurs, et s'était instruite toute seule.

Le jeune homme découvrit aussi un paquet de cahiers rangés avec soin.

Les plus anciens étaient couverts d'une écriture d'enfant, grosse et maladroite ; l'écriture des derniers était charmante.

Il y avait des exercices de toute sorte, recopiés proprement.

De la terre glaise mouillée et bien unie servait d'ardoise. Rose y écrivait ses brouillons avec une baguette, pour ménager le papier.

Ce qui intéressa le plus le comte, ce fut le journal de petite sœur, qu'il parcourut avidement.

Il tomba sur ces mots, écrits depuis longtemps :

« Il y a des livres bien amusants, mais qui sont mauvais : je les détruirai. »

En effet, tous ceux qui restaient étaient excellents.

4

En ces temps, où l'instruction était rare, celle de cette jeune fille était vraiment étonnante.

Pendant que sa mère vivait, elle devait avoir bien profité de ses leçons.

Le gentilhomme raviva le feu, afin qu'elle eût bien chaud à son retour.

Avant de partir, il jeta encore un coup d'œil autour de cette chambre si propre, si soignée, si coquette.

Puis il sortit, en emportant le journal de Rose.

En se retournant, il aperçut la jeune fille qui rentrait avec son chevreuil.

Durant tout l'hiver elle espéra le revoir, mais en vain.

Par une belle matinée de printemps, Petite sœur, rentrant de sa promenade au ruisseau, poussa un cri de joie.

A côté de son cheval, le jeune comte attendait.

—- Rose, lui dit-il, je ne peux vivre sans toi. Veux-tu venir avec moi et être ma femme ?

Il remonta à cheval et la prit devant lui sur sa selle.

Le chevreuil courait près d'eux, retenu par un cordon.

Dès leur arrivée au château de la Haute-Roche, les deux jeunes gens furent mariés.

Rien n'aurait manqué au bonheur de Rose, si elle avait retrouvé son frère, tel qu'il était auparavant.

Le printemps suivant, ils eurent un joli petit garçon.

Mais Rose tomba gravement malade.

A cette époque, il n'y avait pas de bons médecins.

Pour la soigner, on fit venir une vieille femme, qui, depuis plusieurs années, faisait, paraît-il, des cures merveilleuses.

Elle avait été frappée de la foudre et en avait été longtemps souffrante. En cherchant des remèdes pour se guérir, elle en avait trouvé en même temps pour guérir les autres. •

Quand Rose l'aperçut, elle fut si épouvantée qu'elle s'évanouit.

La méchante Mauduite, car c'était-elle, reconnut Petite sœur, et se voyant reconnue elle-même, pensa que son ancienne victime ne manquerait pas de se venger.

Aidée de sa fille, elle porta la malade dans la salle de bain et l'y enferma, après avoir préparé le plus grand feu possible, pour la faire étouffer.

Puis les deux horribles femmes s'enfuirent au plus vite.

*
* *

Pendant ce temps, le comte recevait un visiteur.

C'était un tout jeune homme, à l'air intelligent et résolu.

Il avait quitté ce pays dans son enfance.

Depuis lors il avait voyagé avec un seigneur, nommé le baron de Châteauneuf, qui l'aimait comme s'il eût été son fils.

Ce jeune homme revenait pour la première fois.

A peine de retour, il s'était fait donner par le baron de Châteauneuf une lettre pour le comte de la Haute-Roche, car ces deux seigneurs étaient d'anciens amis.

Il s'agissait pour lui de retrouver, si elle vivait encore, sa sœur qui avait été perdue toute jeune, plusieurs années auparavant, dans une forêt des environs.

Les longs voyages qu'il avait dû faire l'avaient empêché de la rechercher plus tôt.

Gérard fut stupéfait de cette coïncidence, et ravi à la pensée du bonheur que sa .femme éprouverait en retrouvant son frère chéri.

Car il n'y avait pas à en douter : c'était Pierre. Son nom était dans la lettre du baron de Châteauneuf.

Quand Pierre apprit que sa sœur était là, il voulut courir l'embrasser. Mais le comte lui fit prendre patience.

— Rose est malade, dit-il, et dans l'état de faiblesse où elle se trouve, une forte émotion pourrait lui être dangereuse.

Il faudra lui annoncer cette nouvelle avec beaucoup de ménagements.

Gérard pria son beau-frère de l'attendre ; puis il se rendit auprès de sa femme.

En suivant un corridor, il fut étonné de voir le chevreuil, qui ne cessait de heurter de ses cornes la porte de la salle de bains. La clef en avait été enlevée.

Devenu inquiet, Gérard enfonça la porte avec un grand coup d'épaule.

La chaleur était suffocante dans cette pièce.

Rose était là, gisant à terre, évanouie, à demi morte.

Quand elle rouvrit les yeux, elle ne reconnut pas son mari : la pauvre jeune femme était devenue folle !

Le comte envoya des hommes à la recherche de la Mauduite et de sa fille.

Elles n'étaient pas encore loin. On les ramena au château et on les enferma dans un des cachots les plus noirs de la tour.

Gérard était exaspéré; il voulait les faire périr aussitôt au milieu des tortures.

Lorsque Pierre sut ce qui s'était passé, il dit au comte :

— Ayez soin qu'on surveille bien ces scélérates, mais ne leur faites pas de mal.

Laissez-moi mener cette affaire : j'ai bon espoir que nous parviendrons à rendre la santé à ma pauvre sœur.

Le comte avait toujours déployé de la bravoure et du sang-froid dans les batailles; à présent il se montrait abattu et découragé comme un enfant.

Il consentit facilement à laisser son beau-frère agir comme il l'entendrait.

Pierre descendit dans le cachot de la mère Mauduite.

— Me reconnaissez-vous ? lui dit-il. Vous avez voulu me tuer. Deux fois vous avez voulu tuer ma sœur et maintenant vous l'avez rendue folle.

Vous comprenez qu'il n'y a qu'un moyen d'obtenir votre pardon; c'est de guérir la comtesse.

La méchante femme promit en pleurant de faire son possible.

Elle dit qu'elle irait chercher des herbes d'une vertu merveilleuse.

— Si vous espérez vous échapper ainsi, répondit Pierre, vous ferez mieux d'y renoncer, car vous ne sortirez qu'avec des chaînes et sous bonne escorte.

La rusée eut beau prétendre que pour cueillir ces herbes elle avait absolument besoin d'être seule avec sa fille,. Pierre se contenta de hausser les épaules.

Comme elle insistait, il partit pour la laisser réfléchir.

Le lendemain la Mauduite avait trouvé un moyen qu'il crut bon et qu'il essaya sans retard.

Pour cela il n'avait besoin que d'une peau de chevreuil, qu'il se procura facilement.

Se couvrant de cette peau, il prit la place du chevreuil de Rose, derrière le berceau, pendant qu'elle regardait ailleurs.

Tout à coup la voix de la méchante Mauduite fit tressaillir la pauvre comtesse.

Cette voix criait :

— Pardonnez-moi, mes enfants, et soyez heureux.

Petite sœur, je veux te rendre ton petit frère : chevreuil, redeviens homme !

Aussitôt Pierre se redressa en enlevant sa peau de chevreuil.

— Petit frère ! s'écria Rose, je te retrouve enfin !

Elle se jeta dans ses bras. Elle n'était plus folle.

Longtemps après, quand la jeune femme fut complètement remise de toutes ces secousses, elle apprit la vérité.

On lui rendit alors son ancien compagnon, ce gracieux animal qu'elle avait cru son frère.

Elle fut heureuse de le revoir aussi.

— Petit frère, dit-elle, raconte-nous donc tes aventures !

— Pendant que tu dormais dans les bois, commença Pierre, je vis arriver un chevreuil blessé; c'était celui-ci, que tu as trouvé à ton réveil.

Puis j'entendis encore du bruit derrière un buisson; je crus que c'était un loup qui avait blessé le chevreuil et qui le poursuivait. Je ramassai des pierres et courus pour le chasser. Mais ce n'était qu'un autre chevreuil qui s'enfuit à mon approche.

Au moment où j'allais retourner auprès de toi, je fus arrêté par des hommes qui voulurent me tuer. C'étaient des brigands cachés près de nous pour surprendre des voyageurs au passage, les voler et les assassiner.

Ils tenaient à se débarrasser de moi de peur d'être dénoncés.

En voyant les grosses pierres que j'avais encore dans les mains, ces hommes se moquèrent de moi.

— Tu pensais attraper ce chevreuil? dirent-ils.

— Non, répondis-je, je le prenais pour un loup, et je voulais le chasser.

— Ce garçon est brave, fit remarquer l'un d'eux, gardons-le plutôt : il pourra nous être utile.

Dès le lendemain matin, les brigands me postèrent dans un arbre au-dessus de leur tête, pour que je les avertisse de l'arrivée des voyageurs.

Mais quand j'aperçus ceux-ci, je me mis à leur crier de toutes mes forces : Prenez garde! des bandits vont vous attaquer!

Furieux, l'un des brigands grimpa dans l'arbre, et me blessa. Je me réfugiai tout en haut, où il ne put me suivre, car la branche se serait brisée sous le poids.

Alors il commença à couper cette branche, pour me faire tomber.

Heureusement les voyageurs que j'avais sauvés me sauvèrent à leur tour. Les bandits durent s'enfuir. Celui qui me poursuivait fut tué.

Je perdis connaissance. Un des voyageurs, le baron de Châteauneuf, me prit dans sa voiture et me garda auprès de lui.

Quand je revins à moi, nous étions trop loin pour chercher Rose, et aucun messager n'aurait osé se risquer jusqu'ici, au milieu des brigandages et des guerres qui désolent la contrée.

Pour en finir avec nos brigands, plusieurs avaient été blessés. On suivit les traces de sang et on cerna la bande dans une petite maison isolée où ils déposaient leur butin. Tous furent pris et emmenés.

— C'est dans cette cabane que j'ai vécu, s'écria Rose. Je comprends à présent pourquoi j'y ai trouvé tes vêtements tachés de sang.

Petit frère! que je suis heureuse! Gérard, tu ne peux rien me refuser. Tu m'accorderas la grâce de la mère Mauduite et de sa fille!

Le comte fit mettre les deux femmes en liberté.

Elles rendirent de grands services aux malades du pays, sans devenir pourtant ni douces ni charitables.

FIN DE PETIT FRÈRE ET PETITE SŒUR.

1824-84. — Corbeil. Typ. et stér. Crété.

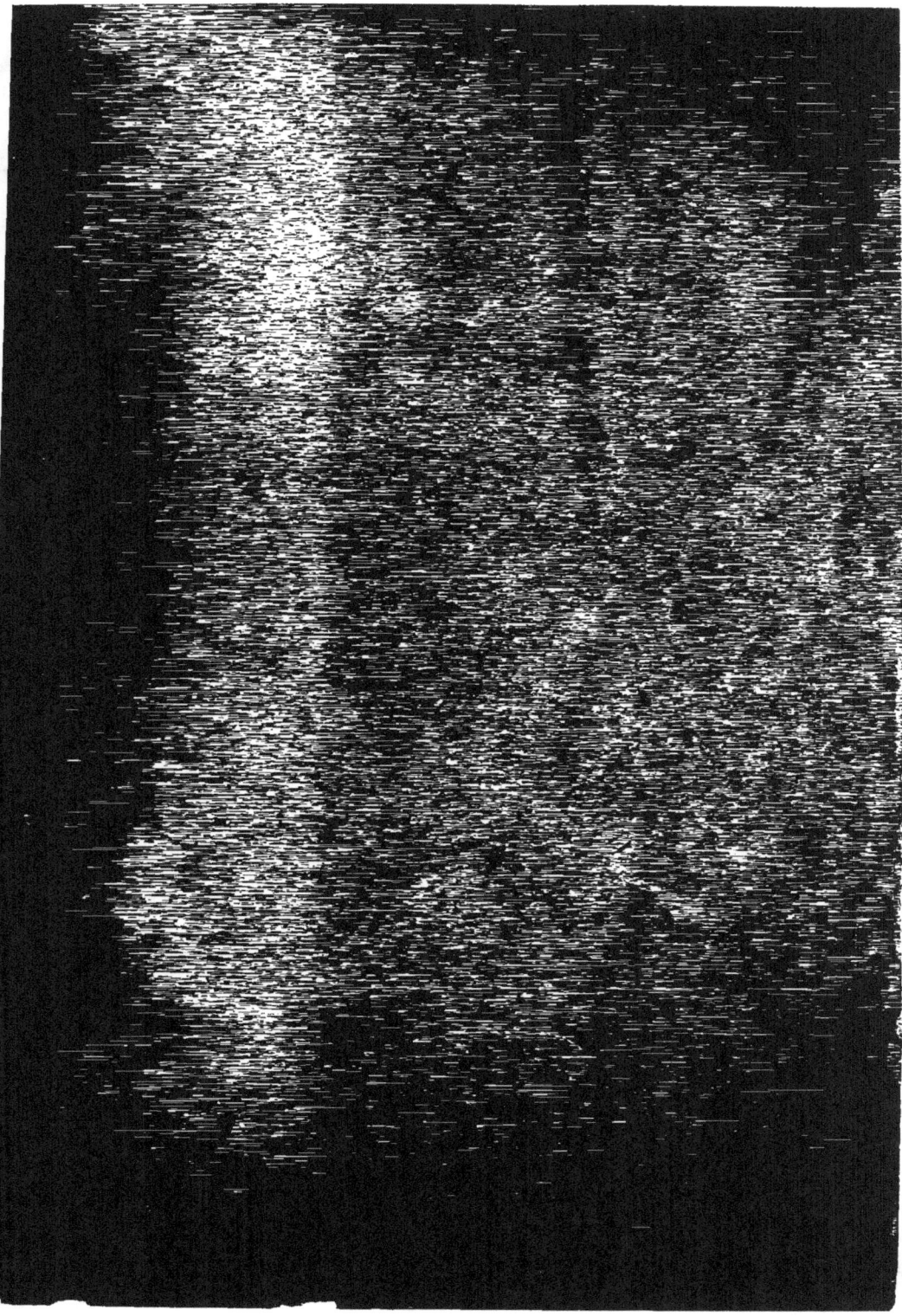

www.ingramcontent.com/pod-product-compliance
Lightning Source LLC
Chambersburg PA
CBHW060859180626
46818CB00004B/1785